Philippe MATTER

MINI-LOUP
et le requin

HACHETTE
Jeunesse

Chouette, les grandes vacances sont enfin arrivées !
Mini-Loup, Anicet et Mini-Pic ont l'autorisation de camper
sur la plage pour une nuit.

Papa-Pic les a conduits avec sa belle camionnette bleue.

« Alors, c'est d'accord, vous serez bien sages, vous ne ferez
pas de bêtises et je reviendrai vous chercher demain, a dit
Papa-Pic avant de les quitter.

— Promis, juré ! » a crié la petite bande.

Papa-Pic les a alors embrassés, et il a repris le chemin de la maison.

« La pêche, c'est ma spécialité, déclare aussitôt Mini-Pic. Je vais aller chercher du poisson pour notre dîner.

— Excellente idée ! approuve Anicet. Pendant ce temps, moi j'installe notre campement.

— Quant à moi, s'écrie Mini-Loup, puisque vous n'avez pas besoin de moi, je vais me baigner. A tout à l'heure ! »

Mini-Loup est devenu un très bon nageur. Il plonge dans le lagon avec bonheur et n'en finit pas de s'extasier en regardant les coraux, les anémones de mer et les poissons multicolores.

Quand Jojo le mérou et Moka la murène le saluent,
il aimerait bien leur parler, mais sous l'eau c'est plutôt
difficile, et tout ce que Mini-Loup arrive à dire :
c'est « bloup, bloup, bloup ! »
Ça amuse beaucoup tous les animaux marins.

Mini-Loup est tellement captivé par le monde magnifique dans lequel il nage qu'il oublie de regarder où il va et soudain, il sent quelque chose s'enrouler autour de sa patte.

C'est Agathe, la pieuvre aux nombreux tentacules gluants, qui déteste être dérangée pendant sa sieste.

« Bloup, bloup, bloup ! » crie Mini-Loup qui a eu drôlement peur.

Ce qui veut dire : « Veux-tu bien me lâcher, grosse vilaine ? »

Agathe lui obéit tellement vite que Mini-Loup est un peu surpris. Et puis, tout à coup, il n'y a plus personne autour de lui ; tous les poissons sont partis se cacher et une ombre noire frôle le dos de notre ami.

Quand il se retourne, il se retrouve nez à nez avec
un énorme requin.
    « Clac, clac, clac ! font les dents du requin.
    — Bloup, bloup, bloup ! » fait la bouche de Mini-Loup.

Par chance, Mini-Pic pêchait tout près de là. En voyant
l'aileron du requin, il a tout de suite compris que Mini-Loup
était en danger.

Aussitôt, il s'élance au secours de son ami et plante sa tête
pleine de piquants dans le nez du requin qui sursaute sous
la douleur et s'enfuit sans demander son reste.

« Bloup ! Bloup ! Bloup ! » s'écrie gaiement Mini-Loup.
Ça signifie : « Merci ! Sans toi, ce requin m'aurait déjà
croqué comme une vulgaire saucisse ! »

En continuant sa promenade sous-marine, Mini-Loup rencontre un dauphin qui lui propose de lui faire découvrir un mystérieux trésor. Ravi, notre petit ami grimpe sur le dos de l'animal et s'exclame : « Le dauphin-stop, c'est épatant ! »
Ensemble, ils font la course avec une bande de joyeux poissons volants.

Mik, le dauphin, l'emmène au milieu d'une grande fosse sous-marine.

Là repose l'épave d'un très vieux bateau.

Mik pointe son nez au-dessus d'un gros coffre à moitié enfoui sous le sable.

« Le trésor ! » pense Mini-Loup, tout excité, qui se voit déjà couvert d'or et de pierres précieuses.

Hélas ! le coffre est beaucoup trop lourd pour Mini-Loup. Impossible de le bouger. Heureusement, Lison, la tortue de mer, qui passait par là, offre de l'aider. Mini-Loup grimpe sur son dos avec le coffre et Lison le conduit sur la plage la plus proche.

« Merci, merci beaucoup ! » dit Mini-Loup, pas mécontent de retrouver le grand air… et l'usage de la parole.

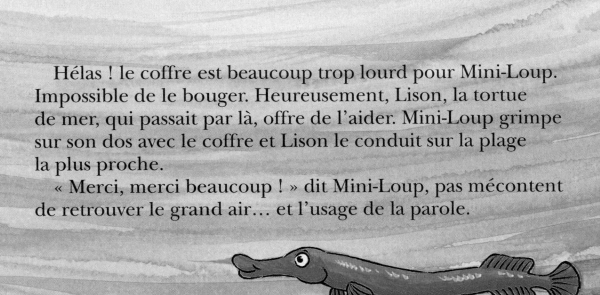

Malheureusement, sa joie ne dure pas longtemps.
Lison ne l'a pas déposé sur la bonne plage : il est sur une île
perdue au milieu de la mer. Peut-être très très loin
de l'endroit où l'attendent ses amis.

« Au secours ! hurle Mini-Loup. Je veux pas me faire
dévorer par les crabes géants et je veux pas mourir de faim !
A l'aide ! »

Par bonheur, Odette la baleine passait à proximité.
En entendant les cris de Mini-Loup, elle s'approche de l'île
et s'offre à le ramener auprès de ses amis.

« Je m'ennuie un peu, lui dit-elle. Un compagnon de route
me changera les idées ! »

Soulagé, Mini-Loup s'installe sur son dos et en profite
pour prendre une bonne douche tiède.

Arrivé au campement, Mini-Loup n'a qu'une hâte : ouvrir
le coffre pour découvrir le trésor.
Mais au lieu de l'or et des pierres précieuses tant espérés,
il ne découvre qu'un gros crabe farceur qui lui serre la patte
avec vigueur.

« Merci pour la liberté ! » lui dit le tourteau avant de courir se mettre à l'eau.

Anicet est mort de rire et son rire redouble quand il aperçoit Mini-Pic qui revient bredouille de sa pêche.

« Cette mer est vraiment bizarre ! dit-il. Il n'y a plus aucun poisson ! »

« Heureusement que je suis là ! lance Anicet goguenard.
Allez, à table. Raviolis pour tout le monde. Et allez-y carrément !
Les raviolis, c'est pas comme les poissons. Pas besoin de faire
attention aux arêtes… »

Imprimé et relié en Italie
par MILANOSTAMPA
Dépôt légal n°2243-Mai 2000
22-71-3678-03/4
ISBN : 2-01-223678-2
Loi n°49-956 du 16 juillet 1949 sur les publications
destinées à la jeunesse